DER KRIMI-ADVENTSKALENDER OSTSEE

Vorwort

Der Winter hat die Ostseeküste fest im Griff. Ein eisiger Wind peitscht über die Dünen, und die Schreie der Möwen klingen wie Klagen in der klirrenden Luft. Die besinnliche Adventszeit, die man hier erwartet, beginnt nicht mit dem Duft von Glühwein und Tannennadeln. Sie beginnt mit einem Toten, einer roten Zipfelmütze und einem Rätsel, das so kalt ist wie die Dezembersee.

Die Ermittler stehen vor einem Fall, der einem perfiden Zeitplan zu folgen scheint – einem Countdown bis Heiligabend. Dieser Krimi-Adventskalender ist daher in 24 Kapitel aufgeteilt. Jedes Kapitel ist ein Tag, ein neuer Schritt in einer Jagd gegen die Zeit. Um die Spannung bis zum Finale zu wahren, ist es unerlässlich, dem Rhythmus der Ereignisse zu folgen und jeden Tag nur ein Türchen, ein Kapitel, zu öffnen.

Der Fall beginnt am 1. Dezember. Schlagen Sie an diesem Tag das erste Kapitel auf und begleiten Sie die Ermittler. Die Jagd hat begonnen.

Ein Toter am winterlichen Wahrzeichen

Der Morgen kroch wie ein klammes Gespenst über die Ostsee, als KHK Eva Behrens ihren Dienstwagen auf dem fast leeren Parkplatz vor der Seebrücke abstellte. Die Temperatur war über Nacht auf minus vier Grad gefallen, und der Wind pfiff von der See her durch jede noch so kleine Ritze in ihrer Dienstjacke. "Erste Kerze, erster Toter", murmelte ihr Kollege Tom Larsen, der bereits am Tatort wartete und mit geröteten Händen auf die Gestalt am Ende der Seebrücke deutete. Der Dezember hatte gerade erst begonnen, und schon mussten sie zu einem Mordfall ausrücken.

Der Tote lag ausgestreckt am Kopf der Seebrücke, die sich wie ein hölzerner Finger ins graue Meer streckte. Johann Klee, der stadtbekannte Bauunternehmer, dessen Name auf fast jeder Baustelle der Region prangte, starrte mit leeren Augen in den wolkenverhangenen Himmel. Die rote Zipfelmütze auf seinem Kopf wirkte wie ein makabrer Witz, ebenso wie die Wachsreste auf seiner Brust, die darauf hindeuteten, dass dort eine Kerze gebrannt hatte – wie die erste Kerze eines Adventskranzes. "Der Täter inszeniert", stellte Larsen fest, während er um die Leiche herumging und dabei sorgfältig darauf achtete, keine Spuren zu verwischen. "Das ist keine spontane Tat."

Behrens von der KPI Stralsund nickte knapp und dirigierte die eintreffenden Kollegen der Spurensicherung. Die Möwen kreischten über ihnen, als wollten sie die Ermittler verspotten. "Sperrt die gesamte Brücke ab", wies sie an und zog sich Handschuhe über. "Und sichert mir jede noch so kleine Spur. Wer auch immer das getan hat, wollte, dass wir die Leiche finden – und zwar genau hier, am Wahrzeichen." Sie beugte sich über die Zipfelmütze, die seltsam unberührt vom Wind auf dem Kopf des Toten saß. "Und ich wette, das ist erst der Anfang."

Die sortierte Fassade der Trauer

Der Weg zur Villa der Klees führte durch die mit Raureif überzogene Dünenlandschaft. Eva Behrens parkte den Dienstwagen vor dem modernen Glasbau, dessen Fassade das winterliche Ostseelicht reflektierte. "Immer diese Todesnachrichten", murmelte Larsen und zog seinen Mantel enger. Die Haustür öffnete sich bereits, bevor sie klingeln konnten. Karl Klee, der Sohn des Toten, stand mit blassem Gesicht im Türrahmen. Seine Augen waren gerötet, die Hände zitterten leicht, als er die Ermittler hereinbat.

Im lichtdurchfluteten Wohnzimmer wartete bereits der Rest der Familie. Die Nachricht vom Tod Johann Klees hatte sie offensichtlich erschüttert. Während Behrens behutsam die Umstände erläuterte, trat eine junge Frau mit akkurat zurückgebundenem Haar an ihre Seite. "Nora Stein, ich war Herrn Klees persönliche Assistentin", stellte sie sich vor. "Ich habe bereits alle Unterlagen zusammengestellt, die Sie benötigen könnten." Sie deutete auf einen Stapel Ordner auf dem Designertisch. "Chronologisch sortiert, nach Projekten und Geschäftspartnern." Behrens nickte anerkennend, während Larsen skeptisch die makellosen Ordnerrücken musterte.

Als die Ermittler die Unterlagen durchblätterten, fiel Larsen eine einzelne Büroklammer auf, die zwischen zwei Seiten hervorlugte – ein winziger silberner Störfaktor in der klinischen Perfektion der Ablage. "Die Unterlagen sind bemerkenswert vollständig", bemerkte er und beobachtete Nora Steins Reaktion. "Fast so, als hätten Sie sie für eine Übergabe vorbereitet." Die junge Frau zuckte kaum merklich zusammen. "Herr Klee schätzte Ordnung", erwiderte sie mit fester Stimme, doch ihre Finger spielten nervös mit dem Saum ihrer Bluse. "Ich habe nur seine Standards eingehalten." Behrens und Larsen tauschten einen Blick. Diese übertriebene Ordnung inmitten der Trauer wirkte wie eine sorgfältig arrangierte Fassade – und hinter Fassaden verbargen sich oft die interessantesten Geheimnisse.

OSTSEE

Sünden und ein kleiner Bühnenstempel

Die Spurensicherung hatte ganze Arbeit geleistet. Hauptkommissarin Eva Behrens betrachtete den kleinen Zettel, der in einer durchsichtigen Beweismitteltüte auf ihrem Schreibtisch lag. "Eure Sünden holen euch ein" – fünf Worte, die mehr Fragen als Antworten lieferten. Der Fund in der Manteltasche des Opfers war unscheinbar, aber vielsagend. Als ihr Telefon klingelte, ahnte sie nicht, dass sich das Puzzle gerade um ein entscheidendes Teil erweitern würde. Die Lokalredaktion des "Ostsee-Anzeigers" hatte einen anonymen Brief erhalten – mit exakt demselben Wortlaut.

"Wir brauchen diesen Brief. Sofort." Behrens' Stimme duldete keinen Widerspruch. Eine Stunde später hielt sie den Umschlag in Händen. Tom Larsen beugte sich über ihre Schulter, sein Atem roch nach dem Fischbrötchen, das er hastig auf dem Weg zur Redaktion verschlungen hatte. "Da", sagte Behrens und deutete auf den unteren Rand des Papiers. Ein kleiner Stempelabdruck – die unverkennbare Silhouette der Hauptbühne des Weihnachtsmarktes. "Unser Täter hat Zugang zu den Bereichen hinter der Bühne", murmelte Larsen und strich sich nachdenklich über den Dreitagebart. "Die Symbolik der Adventszeit, die Warnung vor Sünden... ich sagte es doch."

Behrens nickte knapp und verpackte den Brief sorgfältig für die Forensik. Der Stempelabdruck war winzig, aber präzise – ein stilisierter Umriss, der auf den ersten Blick harmlos wirkte, aber nun zum ersten konkreten Beweisstück wurde. "Dieser Gummistempel könnte uns direkt zum Täter führen", sagte sie und notierte in ihrem Notizbuch: "Zugang Backstage-Bereich prüfen. Personal-Liste anfordern." Larsen blickte aus dem Fenster auf die graue Ostsee hinaus. "Die Adventszeit hat gerade erst begonnen", sagte er leise. "Und ich fürchte, unser Täter hat noch mehr vor."

POLICE

Drei Alibis im Küstennebel

Der dichte Nebel, der über der Küste hing, passte perfekt zu den verschwommenen Aussagen der drei Verdächtigen. Hauptkommissarin Eva Behrens und ihr Kollege Tom Larsen saßen im Besprechungsraum des Polizeipräsidiums und sortierten ihre Notizen. Die gläserne Wasserkaraffe zwischen ihnen war unberührt geblieben – so wie die Wahrheit in diesem Fall. "Drei Alibis, alle löchrig wie ein Fischernetz", brummte Larsen und schob die Vernehmungsprotokolle über den Tisch. "Karl Klee behauptet, allein zu Hause gewesen zu sein, als sein Vater ermordet wurde. Keine Zeugen, keine Beweise – nur die Aussicht auf ein beträchtliches Erbe."

Behrens nickte grimmig. "Dann haben wir diesen Zulieferer, dessen Firma vor Jahren pleiteging, weil Klee senior einen Großauftrag stornierte. Er will stundenlang am Strand spazieren gewesen sein – ausgerechnet in der Mordnacht und ohne dass ihn jemand gesehen hat." Sie nahm einen Schluck Kaffee und verzog das Gesicht. Der Automatenkaffee schmeckte, als hätte jemand Ostseewasser damit gestreckt. "Und nicht zu vergessen unser Bürgermeister Ralf Donner, der angeblich bis spät in die Nacht an einer wichtigen Akte gearbeitet hat. Keine Zeugen, keine digitalen Spuren, nichts."

Larsen stand auf und trat ans Fenster. Draußen verschluckte der Nebel die Konturen der Hafenpromenade. "Keiner der drei hat ein wasserdichtes Alibi, aber alle haben ein starkes Motiv. Der Sohn das Erbe, der Zulieferer die Rache, und Donner wollte Klees Einspruch gegen sein Bauprojekt loswerden." Er drehte sich zu Behrens um. "Drei Verdächtige, drei Motive, drei löchrige Alibis. Und irgendwo dazwischen die Wahrheit, die so schwer zu greifen ist wie der Nebel da draußen." Behrens griff nach der Wasserkaraffe und füllte endlich ihr Glas. "Dann müssen wir eben den Nebel lichten", sagte sie entschlossen.

BANK STATEMENT

Die Spur der schwarzen Boni

Der Nebel über der Ostsee hatte sich verzogen, doch die Ermittlungen im Fall Klee blieben weiterhin trübe. Bis jetzt. Eva Behrens blickte auf die Dokumente vor ihr und spürte, wie sich die feinen Härchen in ihrem Nacken aufstellten. "Tom, sieh dir das an", sagte sie und schob ihrem Kollegen einen Stapel Papiere zu. "Die Finanzermittler haben etwas in den Unterlagen gefunden, die uns Nora Stein übergeben hat." Larsen pfiff leise durch die Zähne. Auf dem Tisch lagen geschwärzte Kontoauszüge, die wie Puzzleteile eines größeren Bildes wirkten. "Sonderboni? Im Advent vor sechs Jahren? An vier verschiedene Empfänger? Das sieht mir nicht nach Weihnachtsgratifikationen aus."

Behrens nickte und tippte auf die Zahlen. "Hohe fünfstellige Beträge, alle von einer Subfirma Klees überwiesen. Und schau hier – die digitale Forensik hat in Klees gelöschten Dateien noch mehr gefunden." Sie öffnete einen Ordner auf ihrem Laptop. "Damals gab es Gerüchte über einen Schwarzgeldskandal bei der Weihnachtsmarktvergabe. Die Sache verlief im Sande – mangels Beweisen." Sie lehnte sich zurück, während draußen ein Möwenschrei die Stille durchschnitt. "Was wir hier haben, ist kein totes Ende, sondern der Ursprung des gesamten Falls."

Larsen sortierte die Unterlagen und legte die Papiere mit den Namen Voß, Donner, Brandt und Röder in eine Reihe. "Das alte Komitee", murmelte er. "So nennen wir sie ab jetzt." Behrens nickte und griff nach ihrem Telefon. "Ich informiere den Staatsanwalt. Diese schwarzen Boni könnten der Schlüssel zu allem sein." Während sie wählte, betrachtete sie noch einmal die geschwärzten Kontoauszüge. Die Spur des Geldes war wie ein dunkler Faden, der sich durch die Adventszeit zog – damals wie heute. Und dieser Faden führte unweigerlich zum Mord an Johann Klee.

HEIMATMUSEUM

Ein Nikolaus voller kalter Asche

Der Anruf kam, als Larsen gerade seinen ersten Kaffee auf der Polizeiwache schlürfte. Behrens' Stimme klang angespannt. "Komm sofort zum Heimatmuseum. Wir haben eine zweite Leiche." Der Schnee knirschte unter seinen Stiefeln, als er über den verschneiten Innenhof eilte. Das imposante Backsteingebäude, sonst ein Ort der stillen Betrachtung regionaler Geschichte, war nun von Blaulicht umzingelt. Dr. Mareike Voß lag ausgestreckt im Schnee, ihre Augen starr zum grauen Dezemberhimmel gerichtet. Als Kulturbeauftragte hatte sie den Weihnachtsmarkt mitorganisiert – jetzt war sie Teil einer makabren Inszenierung geworden.

"Sieht aus, als hätte der Nikolaus ihr ein besonderes Geschenk gebracht", murmelte der Rechtsmediziner und deutete auf die Hand der Toten. Ein kleines Jutesäckchen, wie man es für Nikolausgeschenke verwendet, lag darin. Larsen zog Handschuhe über und öffnete es vorsichtig. Keine Nüsse, keine Süßigkeiten – nur kalte Asche und verkohlte Papierfetzen. Mit geübtem Blick erkannte er sofort die Überreste eines Zeitungsartikels. "Der Bericht über den Unfall beim Aufbau des Weihnachtsmarkts vor sechs Jahren", sagte er tonlos. "Jemand rechnet ab."

Behrens' Gesicht verfinsterte sich. "Ein Serientäter. Erst Klee, jetzt Voß – beide mit Verbindung zum Weihnachtsmarkt." Während die Spurensicherung den Tatort absicherte, beobachtete Larsen, wie die ersten Schaulustigen sich am Absperrband sammelten. Die Nachricht würde sich wie ein Lauffeuer verbreiten. Er konnte die Angst in der Luft förmlich schmecken, salzig wie die Ostsee bei Sturm. "Wir müssen die anderen drei Namen aus den Unterlagen warnen", sagte er leise. "Wer auch immer hier alte Schulden eintreibt – er folgt einem Plan. Und ich fürchte, er ist noch lange nicht fertig."

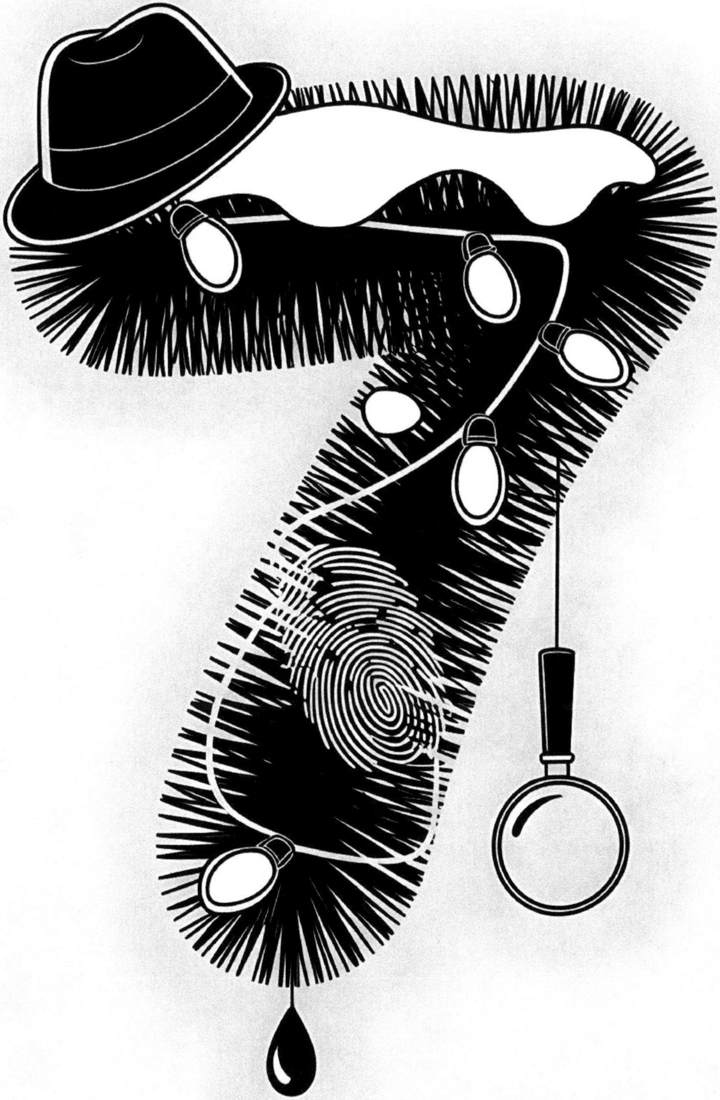

Der Richter und sein Echo

Der Pressesaal der Polizeidirektion Stralsund war überfüllt. Kamerastative drängten sich wie hungrige Kraniche um einen zu kleinen Fischteich. Hauptkommissarin Behrens spürte die Last der Erwartungen wie einen nassen Mantel. "Der Adventsrichter", flüsterte sie zu Larsen, während sie sich ihren Weg zur Bühne bahnten. "So nennen sie ihn jetzt also." Im grellen Scheinwerferlicht erklärte der Polizeipräsident mit steinerner Miene den aktuellen Ermittlungsstand – was nichts anderes hieß, als gekonnt um die Tatsache herumzureden, dass man im Dunkeln tappte.

Nach der Pressekonferenz saß der ruinierte Zulieferer wieder im Vernehmungsraum. Seine Finger umklammerten einen Pappbecher mit Kaffee, als könnte dieser ihn vor dem Abgrund bewahren. "Ich war es nicht!", brüllte er plötzlich und schmetterte den Becher gegen die Wand. "Aber ich weiß, wie sie es damals vertuscht haben!" Was folgte, war ein Strom von Details – Uhrzeiten, Namen, sogar Telefonnummern von Verantwortlichen, die nie in den offiziellen Berichten aufgetaucht waren. "Jemand hat mir das alles gesteckt, kurz nach dem Unfall. Anonym. Wollte, dass ich Rabatz mache."

Larsen und Behrens tauschten vielsagende Blicke. Als der Zulieferer gegangen war, zog Behrens ein altes Reportermikrofon mit dem Logo des Nordkuriers aus der Asservatentüte. Es war am zweiten Tatort gefunden worden. "Er wurde benutzt", murmelte Behrens, während sie das Mikrofon betrachtete. "Damals wie heute." Larsen nickte langsam. "Jemand hat ihn als Sündenbock aufgebaut. Und jetzt braucht dieser Jemand wieder einen lauten Störfaktor, um von sich abzulenken." Das Mikrofon lag zwischen ihnen wie ein stummes Echo vergangener Manipulationen – und vielleicht der Schlüssel zu einem Mörder, der seine Urteile im Takt des Adventskalenders vollstreckte.

Die Chiffre der vierundzwanzig Stunden

Der Bildschirm warf ein kaltes Licht auf Toms Gesicht, während er die Zahlenkolonnen durchforstete. Draußen hatte der Dezemberwind die Möwen vom Meer vertrieben, die nun kreischend über dem Polizeipräsidium kreisten. Behrens trat hinter ihn, die ausgebaute Platine eines alten Buchungsgeräts in der Hand. "Siehst du das Muster?", fragte sie und deutete auf die Überweisungsdaten. "Die Weihnachtsboni an Voß, Donner, Brandt und Röder – sie wurden nicht gleichzeitig ausgezahlt." Larsen nickte langsam. "Vierundzwanzig Stunden Abstand. Beginnend am ersten Dezember 2019. Exakt wie ein Uhrwerk."

Die Erkenntnis traf ihn wie eine Welle bei Sturmflut. "Es ist eine Chiffre", murmelte Behrens, während sie die Platine auf den Tisch legte. "Der Täter kennt diesen Rhythmus und spiegelt ihn in seinem Rachefeldzug wider." Sie rieb sich die Augen, in denen sich die Erschöpfung einer schlaflosen Nacht spiegelte. "Was für ein Mensch plant so etwas über Jahre hinweg?" Larsen schob die Tastatur beiseite. "Jemand, für den der Advent nicht für Besinnlichkeit steht, sondern für einen minutiös geplanten Countdown. Das ist kein Affekt, das ist ein Drehbuch."

Die IT-Forensik hatte ganze Arbeit geleistet. Was zunächst wie zufällige Transaktionen aussah, offenbarte sich nun als Teil eines größeren Plans. Behrens trat ans Fenster und blickte auf die graue Ostsee hinaus. "Wir haben es mit jemandem zu tun, der Geduld hat. Der wartet. Der jeden Schritt plant." Sie drehte sich zu Larsen um. "Und der noch nicht fertig ist." Larsen betrachtete die Platine, dieses unscheinbare Stück Technik, das ihnen endlich einen Einblick in die Denkweise des Täters gewährte. "Wir müssen die anderen warnen", sagte er leise. "Die Überlebenden des Komitees. Denn wenn unsere Theorie stimmt, dann tickt die Uhr bereits für den Nächsten."

Ein Politiker gerät ins Wanken

Ralf Donner saß wie ein Häufchen Elend auf dem Stuhl im Vernehmungsraum des Polizeipräsidiums. Der Politiker, der sonst auf jeder Veranstaltung an der Küste mit breiter Brust und lauter Stimme dominierte, wirkte eingefallen. Seine Finger spielten nervös mit dem teuren Füllfederhalter, den er immer wieder auf- und zuschraubte. Behrens legte die Kontoauszüge auf den Tisch, die Überweisungen der Schweigegelder wie auf einem Silbertablett serviert. "Herr Donner, wir wissen alles über die 'Weihnachtsboni'. Jetzt ist der Zeitpunkt für Ehrlichkeit."

Donner starrte auf die Papiere, als könnte er sie durch pure Willenskraft zum Verschwinden bringen. Der Wind rüttelte an den Fenstern, während draußen die Ostsee gegen die Kaimauer schlug. "Es gab... Unregelmäßigkeiten", presste er schließlich hervor. "Bei der Genehmigung des Weihnachtsmarktes. Wir haben Ecken abgeschnitten, Sicherheitsvorschriften... flexibel interpretiert." Seine Stimme brach. "Aber niemand wollte, dass jemand stirbt! Es war ein Unfall, verstehen Sie? Ein schrecklicher Unfall!" Larsen beugte sich vor. "Und dafür hat Klee gezahlt. Vier Personen. Regelmäßig. Über Jahre."

Der Politiker zuckte zusammen, als hätte ihn jemand geschlagen. Der Füllfederhalter entglitt seinen zitternden Fingern und rollte über den Tisch. "Er weiß alles", flüsterte Donner. "Er kennt jedes Detail." Behrens hob eine Augenbraue. "Wer ist 'er', Herr Donner?" Der Politiker schüttelte panisch den Kopf. "Ich kann nicht... er findet mich. So wie er die anderen gefunden hat." Seine Augen flackerten wild. "Der Adventsrichter. Er hat ein Urteil gefällt. Über uns alle." Larsen und Behrens tauschten einen Blick. "Wir können Sie schützen", sagte Larsen. Donner lachte bitter. "Niemand kann das. Nicht vor ihm. Nicht in der Adventszeit." Er griff nach seinem Füllfederhalter wie nach einem Rettungsanker. "Er ist methodisch. Präzise. Und er ist noch nicht fertig."

Die verräterische Signatur des Druckers

Der Computerraum im Polizeipräsidium summte vor Anspannung. Zwischen den blau leuchtenden Monitoren saß Kommissarin Behrens neben zwei IT-Spezialisten, die mit zusammengekniffenen Augen auf die Bildschirme starrten. Auf dem Tisch lag eine einzelne, schwarze Tastatur-Taste – ein seltsames Beweisstück, dessen Bedeutung sich ihnen noch nicht erschlossen hatte. "Die Header-Daten der Erpresser-Mails sind zu perfekt," murmelte einer der Techniker und zog die Stirn in Falten. "Das ist kein Amateurwerk. Jemand hat sehr genau gewusst, wie man digitale Spuren verwischt."

Behrens rieb sich die müden Augen. Die Weihnachtsmärkte an der Ostseeküste hatten längst geöffnet, doch für Festtagsstimmung war in diesem Raum kein Platz. "Moment," sagte der zweite Techniker plötzlich und tippte hektisch auf seiner Tastatur. "Hier, in den Metadaten der angehängten PDF-Dateien. Eine Drucker-Signatur." Seine Finger flogen über die Tasten. "Das ist ein Kyocera TASKalfa 3253ci. Ziemlich spezifisch." Behrens spürte, wie ihr Puls sich beschleunigte. "Vergleichen Sie das mit der Inventarliste von Klees Firma," befahl sie und griff nach ihrem Kaffeebecher, der längst kalt geworden war.

"Treffer," verkündete der Techniker nach wenigen Minuten. "Ein solches Gerät steht im Vorzimmer von Johann Klees Büro. Direkter Zugriff nur für ihn und..." Er sah auf. "Seine Assistentin Nora Stein." Behrens stellte ihren Becher ab. Die Puzzleteile fügten sich zusammen. Kein Außenstehender, sondern jemand mit privilegiertem Zugang hatte die Drohungen verfasst. Jemand, der täglich an diesem Drucker arbeitete. "Wir brauchen alles über Nora Stein," sagte sie und stand auf. "Und ich will wissen, wo sie in den letzten vierundzwanzig Stunden war." Der "Adventsrichter", wie Donner ihn genannt hatte, war vielleicht näher, als sie gedacht hatten – direkt im Vorzimmer der Macht.

Drei harren noch ihres Urteils

Die Stimmung im Besprechungsraum der KPI Stralsund war angespannt wie ein Fischernetz kurz vor dem Zerreißen. Hauptkommissar Larsen knallte den Brief auf den Tisch, dessen Papier noch nach Druckertoner roch. "Zwei sind gerichtet. Drei harren ihres Urteils." Die Worte standen dort in einer bemüht verstellten Handschrift, als hätte jemand mit der linken Hand geschrieben, obwohl er Rechtshänder war. Der Stempel der Weihnachtsmarktbühne prangte in der Ecke – derselbe wie bei den vorherigen Schreiben. Behrens beugte sich über das Papier, während sie ihre Lesebrille zurechtrückte. "Donner und Brandt vom Festkomitee sind klar gefährdet. Aber wer ist Nummer drei? Vielleicht Röder, der Erpresser – er könnte ebenfalls zum Komitee gehören."

"Es geht hier nicht um Spekulationen", entgegnete Behrens schärfer als beabsichtigt. "Wir müssen uns auf die harten Fakten konzentrieren. Das Druckerprofil ist eindeutig, die Kyocera-Signatur unverwechselbar." Sie deutete auf den Bildschirm, wo die forensische Analyse der Briefe zu sehen war. "Röder ist der Schlüssel zu allem. Er hat die Komitee-Mitglieder erpresst, bevor unser 'Adventsrichter' auftauchte. Das kann kein Zufall sein."

"Sie laufen einem Phantom hinterher", konterte Behrens und schob die Akte mit den Laborergebnissen über den Tisch. "Röder ist untergetaucht, während wir hier greifbare Beweise haben." Ihre Blicke kreuzten sich wie zwei Eisbrecher auf Kollisionskurs. Keiner wollte nachgeben. Die junge Kommissarin Witt, die bisher schweigend zugehört hatte, räusperte sich. "Vielleicht führen beide Wege zum Ziel", sagte sie vorsichtig und deutete auf den Brief. "Aber wir sollten uns beeilen. Der Advent schreitet voran, und mit ihm offenbar auch der Countdown unseres Täters." Die Uhr an der Wand tickte unerbittlich, während draußen der Dezemberwind um die Ecken des Polizeipräsidiums pfiff.

12

Ein Riss geht durch das Team

Der Wind peitschte die Wellen gegen die Kaimauer, als hätte das Meer selbst eine Wut im Bauch, die der Stimmung im Besprechungsraum der KPI Stralsund in nichts nachstand. Behrens stand mit verschränkten Armen vor der Pinnwand, auf der die Beweisfotos und Verbindungslinien ein chaotisches Netz bildeten – genau wie ihre Ermittlungen. "Sie rennen sich fest, Larsen", sagte sie mit schneidender Stimme. "Diese Rache-Theorie ist ein Luftschloss. Wir suchen jemanden mit Insiderwissen, der die Archive kennt und sich unauffällig bewegen kann." Sie tippte auf das Foto von Röder. "Der hier ist nur ein gieriger Trittbrettfahrer, der die Gunst der Stunde nutzt."

Larsen schlug mit der flachen Hand auf den Tisch, dass die Kaffeetassen klirrten. "Und Sie sind so besessen von Ihren Beweisketten, dass Sie das Offensichtliche nicht sehen wollen!" Seine Stimme hallte durch den Raum. "Röder ist der Einzige mit nachgewiesenem Erpressungsmotiv. Er kennt die Strukturen, die Personen, die Schwachstellen." Er griff nach den Handschellen, die auf seinem Schreibtisch lagen, und ließ sie demonstrativ durch seine Finger gleiten. "Während wir hier diskutieren, plant er seinen nächsten Schritt."

Der Anruf eines verängstigten Zeugen

Das Smartphone vibrierte auf dem Wohnzimmertisch, als hätte es einen Anfall. Kommissarin Behrens griff danach und betrachtete stirnrunzelnd das Display mit dem feinen Riss, der sich wie ein Blitz quer über das Glas zog. Unterdrückte Nummer. Sie nahm den Anruf entgegen und hörte zunächst nur hektisches Atmen. "Polizei Stralsund, Behrens", sagte sie knapp, während sie sich aufrichtete und instinktiv zum Fenster ging, durch das sie auf die dunkle Straße blicken konnte.

"Sie müssen mir helfen", flüsterte eine Männerstimme. Die Worte überschlugen sich, als würden sie von einem inneren Sturm vorangepeitscht. "Ich bin's, Leo Brandt. Der Eventveranstalter. Ich war dabei, damals im Komitee, der vierte Mann." Behrens spürte, wie ihr Puls sich beschleunigte. Brandt. Der Name war auf ihrer Liste aufgetaucht, aber bisher hatte er jedes Gespräch verweigert. "Ich muss auspacken, alles gestehen. Aber nicht im Präsidium, um Himmels willen nicht dort!" Seine Stimme kippte ins Hysterische. "Die finden mich überall. Ich bin nicht mehr sicher."

"Herr Brandt, beruhigen Sie sich. Wo sind Sie jetzt?" Behrens griff nach einem Notizblock, aber Brandt unterbrach sie. "Morgen früh, bei Sonnenaufgang. Der alte Parkplatz am Ausflugslokal an der Steilküste. Das, das seit Jahren leersteht. Kommen Sie allein." Bevor sie weitere Fragen stellen konnte, war die Leitung tot. Behrens starrte auf ihr Handy, dessen Displayriss im Dunkeln wie ein unheilvolles Omen wirkte. Was auch immer Brandt wusste – es musste bedeutsam sein, wenn er deswegen sein Leben in Gefahr sah. Sie legte das Smartphone behutsam zurück auf den Tisch und begann, sich mental auf den frühen Morgen vorzubereiten.

Ein toter Zeuge zum dritten Advent

Der Parkplatz am verlassenen Ausflugslokal lag wie ein grauer Fleck zwischen den dunklen Kiefern. Behrens hatte Larsen doch noch eingeweiht – ein Treffen mit einem panischen Zeugen allein zu absolvieren, erschien ihr zu riskant. Nun standen beide vor dem aufgebockten Volvo, dessen Fahrertür sperrangelweit offenstand. Leo Brandt saß hinter dem Steuer, den Kopf nach hinten gekippt, die Augen weit aufgerissen. Aus seinem halbgeöffneten Mund ragte ein zusammengerolltes Stück Papier. "Verdammte Scheiße", murmelte Larsen und zog sich Handschuhe über. "Der dritte Advent, und wir haben eine weitere Leiche."

Die Forensiker stellten schnell fest, dass Brandt mit einem stumpfen Gegenstand erschlagen worden war. Behrens zog vorsichtig das Papier aus dem Mund des Toten. "Ein Bauplan", stellte sie fest, als sie ihn auf der Motorhaube ausbreitete. "Eine Kopie, aber wovon?" Sie kniff die Augen zusammen und betrachtete den Rand des Dokuments im Licht ihrer Taschenlampe. "Sieh dir das an", sagte sie zu Larsen und deutete auf ein kaum sichtbares Zeichen am unteren Rand. "Das Wasserzeichen der Kopierstelle des Stadtarchivs. Die verwenden spezielles Papier für ihre Dokumente."

Larsen pfiff leise durch die Zähne. "Felix Röder", sagte er dann. "Der städtische Beamte. Er ist der Einzige aus unserem Verdächtigenkreis, der regelmäßig Zugang zum Archiv hat." Behrens nickte grimmig, während der Wind vom Meer her schärfer wurde und die ersten Schneeflocken über den Parkplatz trieb. "Die Inszenierung ist wieder perfekt. Zu perfekt." Sie sah auf den Toten. "Brandt wollte uns etwas sagen, und jemand hat ihn zum Schweigen gebracht. Jemand, der Zugang zu Archivdokumenten hat." Sie gab den Befehl, das Auto und die Umgebung gründlich zu untersuchen. Die Schlinge um Felix Röder zog sich zu – falls es nicht genau das war, was der Täter beabsichtigte.

15

Der Erpresser in der Gartenlaube

Der Wind pfiff durch die Ritzen der Schrebergartenlaube, während das Zugriffsteam in Position ging. Kein Laut, keine hektischen Bewegungen – nur das leise Knistern der Funkgeräte. Hauptkommissarin Behrens nickte kurz, dann erfolgte der Zugriff. Felix Röder, der Mann, den sie seit Tagen suchten, saß vor seinem Laptop und blickte nicht einmal auf, als die Tür aufbrach. Fast schien es, als hätte er sie erwartet. "Wurde ja Zeit", murmelte er, während ihm Handschellen angelegt wurden.

Die Gartenlaube war spartanisch eingerichtet, aber erstaunlich ordentlich für einen Mann auf der Flucht. Nur ein kitschiger Gartenzwerg mit roter Mütze und schielendem Blick stand deplatziert auf dem wackeligen Tisch – als wollte er den Ermittlern den Mittelfinger zeigen. Larsen klappte Röders Laptop auf und pfiff leise durch die Zähne. "Jackpot", sagte er zu Behrens, die über seine Schulter blickte. Da waren sie: sämtliche Erpressermails, fein säuberlich in einem Ordner abgelegt. Doch was die Ermittler wirklich elektrisierte, war ein zweiter Ordner mit der schlichten Bezeichnung "Beweis".

"Sehen Sie sich das an", sagte Röder mit einer Stimme, die seltsam ruhig klang für einen Mann, der gerade verhaftet wurde. Die Fotos im Ordner zeigten das Karussell vom Jahrmarkt vor sechs Jahren – aus verschiedenen Winkeln, in verschiedenen Bauphasen. Und auf jedem Bild fehlten die sicherheitsrelevanten Stahlstreben, die später in den Untersuchungsberichten als vorhanden vermerkt worden waren. "Ich bin nicht der Mörder", sagte Röder und blickte zu dem Gartenzwerg hinüber, als wäre dieser ein stummer Zeuge. "Ich bin nur derjenige, der die Wahrheit ans Licht bringen wollte." Behrens sah ihn lange an, während draußen die Dämmerung über die Schrebergartenkolonie hereinbrach. Der Fall nahm eine unerwartete Wendung.

Die Wahrheit, aber nicht der Mörder

Der Vernehmungsraum im Polizeirevier war kalt und unpersönlich. Felix Röder saß zusammengesunken auf dem Metallstuhl, während Hauptkommissarin Behrens ihm gegenüber Platz nahm. Seine Finger zitterten, als er die Mappe öffnete, die er bei seiner Festnahme hartnäckig festgehalten hatte. "Ich bin ein Erpresser, ja", gab er zu, "aber kein Mörder." Seine Stimme klang brüchig wie Ostseeis im Frühling. "Ich brauchte das Geld. Meine Spielschulden..." Er schob ein unterbelichtetes Polaroid-Foto über den Tisch. "Aber dieser 'Adventsrichter' – der macht mir Angst. Der bringt sie alle um, einen nach dem anderen."

Behrens betrachtete das Foto, das trotz seiner schlechten Qualität deutlich zeigte, was damals beim Jahrmarktunglück wirklich geschehen war. Röder legte methodisch weitere Dokumente vor sie hin. "Brandt hat die Baupläne gefälscht – hier, sehen Sie die Unterschriften? Voß hat seine Kontakte bei der Presse genutzt, um die Geschichte zu verdrehen. Donner hat die Genehmigungen durchgewunken, obwohl er von den Mängeln wusste. Und Klee..." Er lachte bitter auf. "Klee hat sie alle bezahlt, damit sie schweigen. Jonas Halber musste sterben, weil er die Wahrheit kannte."

Die Kommissarin sortierte die Beweise – E-Mails, Quittungen, manipulierte Dokumente. Endlich lag die ganze schmutzige Wahrheit über den Tod des jungen Mannes auf dem Tisch. Sechs Jahre hatte es gedauert. "Und ich, Röder, habe das geneigte Gutachten besorgt, um die Vertuschung zu ermöglichen. Ich habe sie erpresst, weil ich wusste, dass sie zahlen würden", flüsterte Röder und blickte nervös zur Tür, als erwarte er, dass der selbsternannte "Adventsrichter" jeden Moment hereinkommen könnte. "Aber ich schwöre bei allem, was mir heilig ist – ich habe niemanden getötet." Behrens nickte langsam. Sie glaubte ihm. Doch wenn Röder nicht der Mörder war, wer hatte dann beschlossen, nach all den Jahren Gerechtigkeit zu üben?

Die Suche nach dem wahren Opfer

Die Personalakte mit dem roten Reiter lag wie ein Fremdkörper auf Behrens' ohnehin überquellendem Schreibtisch. In der Ecke des Raumes türmten sich bereits die Akten aus Jonas Halbers Umfeld – Freunde, Familie, Kollegen. Der Wind pfiff um die Ecken des Polizeigebäudes, trug das ferne Rauschen der Ostsee mit sich. Seit Röders Geständnis war klar: Der wahre Täter rächte den Tod des jungen Ingenieurs. Behrens rieb sich die brennenden Augen. "Wir haben die ganze Zeit in die falsche Richtung ermittelt", murmelte sie und griff nach ihrem Becher mit dem längst kalt gewordenen Kaffee – stark und schwarz, wie sie ihn brauchte.

"Wer plant sechs Jahre lang einen derart komplexen Rachefeldzug?" Behrens blätterte durch die Personalakte, die ihr Kollege aus dem Archiv von Klees Firma hatte beschaffen können. Irgendetwas musste ihnen entgangen sein. Eine Person, die sowohl Jonas nahegestanden als auch Zugang zu Klees Umfeld gehabt hatte. Jemand, der unbemerkt agieren konnte. Der rote Reiter an der Akte – eine alte Markierung für besondere Vorgänge – schien sie beinahe höhnisch anzustarren. Behrens zog ihr Telefon heran. "Ich brauche alle Personalbewegungen der letzten sechs Jahre aus Klees Firma. Jeder, der gekommen oder gegangen ist. Und ich will wissen, wer Zugang zu den Gebäuden hatte, ohne aufzufallen."

Während sie auf die Daten wartete, vertiefte sie sich in Jonas Halbers Privatleben. Seine Hobbys: Segeln an der Ostseeküste, Schach im örtlichen Verein. Seine Freunde: meist andere Ingenieure, ein paar Bekannte aus der Studienzeit. Seine Familie: Eltern verstorben, eine Schwester im Ausland. Nichts Auffälliges. Behrens starrte auf das Foto des jungen Mannes. "Wer hat dich so geliebt, dass er für dich tötet?", flüsterte sie. Ihr Blick fiel auf ein Detail im Hintergrund des Bildes – und plötzlich wusste sie, wo sie suchen musste.

Die Maske der perfekten Assistentin

Kommissarin Behrens trommelte ungeduldig mit den Fingern auf ihren Schreibtisch. Vor ihr lag die Personalakte von Nora Stein, Klees perfekter Assistentin, die sie nun mit ganz anderen Augen betrachtete. Der laminierte Personalausweis war an einer Ecke abgegriffen, das Foto zeigte eine selbstbewusste Frau mit akkurat geschnittenem Bob und dezenter Narbe über der rechten Augenbraue. Behrens hatte diese Narbe bei ihrer Befragung nicht bemerkt – kein Wunder, bei dem makellosen Make-up, das Stein stets trug. "Wie konnte uns das entgehen?", murmelte sie und blätterte weiter. Vor fünf Jahren hatte Nora ihren Namen ändern lassen – angeblich wegen eines Stalkers. Eine Geschichte, die niemand hinterfragt hatte.

"Der Treffer ist eindeutig", sagte Kriminalhauptkommissar Larsen, der mit einem Ausdruck in der Hand ins Büro trat. "Nora Steins Geburtsname ist Lena Vogt. Sie war Jonas Halbers Verlobte." Er legte ein altes Ausweisfoto auf den Tisch. Die Ähnlichkeit war unverkennbar, trotz der veränderten Frisur und des Altersunterschieds. Dieselbe markante Narbe über der Augenbraue, die sie heute versteckte. "Nach Halbers Unfall hat sie systematisch ihr Erscheinungsbild verändert, Buchhaltungskurse belegt und sich dann gezielt bei Klee beworben", fuhr Larsen fort. Draußen heulte der Wind um die Ecken des Polizeigebäudes, als wollte er die Entdeckung unterstreichen.

Behrens nickte langsam. Die Puzzleteile fügten sich zusammen. "Sie hat sechs Jahre gewartet und ihre Rolle perfektioniert. Die loyale Assistentin, die niemand verdächtigen würde." Sie griff zum Telefon. "Wir brauchen sofort ein Observationsteam. Und einen Durchsuchungsbefehl für ihre Wohnung." Während sie die Nummer wählte, starrte sie auf das Foto von Nora Stein alias Lena Vogt. Die Maske der perfekten Assistentin war gefallen, doch die Frau dahinter war gefährlicher als je zuvor.

DUTY ROSTER
BODYGUARDS

Die allzu hilfreiche Zeugin

Der Wind pfiff um die Ecken des Polizeipräsidiums, als Behrens das ausgedruckte Observationsprotokoll studierte. Lena Vogt hatte in den letzten vierundzwanzig Stunden dreimal bei der Dienststelle angerufen – jedes Mal mit "wichtigen Hinweisen" zu Ralf Donners Tagesablauf. "Sie liefert uns die Informationen auf dem Silbertablett", murmelte Behrens und tippte mit dem Kugelschreiber auf den ausgedruckten Dienstplan der Personenschützer, den Vogt ihnen zugespielt hatte. Zu detailliert, zu präzise – niemand außer einem Insider oder jemandem, der Donner akribisch beobachtete, konnte wissen, dass er jeden Dienstag seine Schwimmrunde im Wellenbad drehte oder dass der Schichtwechsel seiner Bodyguards immer um 15:30 Uhr stattfand.

"Der klassische Fehler", nickte Larsen, der mit zwei dampfenden Bechern Kaffee hereinkam. "Sie will uns lenken, uns genau dorthin führen, wo sie zuschlagen kann." Draußen heulten die Möwen, als stimmten sie ihm zu. Behrens nahm einen Schluck und verzog das Gesicht – der Kaffee war bitter wie die Erkenntnis, dass sie Lena fast zu lange unterschätzt hätten. "Ich habe die Spiegelung ihres Handys veranlasst", sagte sie und drehte ihren Bildschirm so, dass Larsen die eingehenden Daten sehen konnte. "Ab sofort bekommt sie nur noch gefilterte Informationen. Wir spielen ihr Spiel mit, aber nach unseren Regeln."

Die Tür öffnete sich und Polizeiobermeister Krause trat ein, in der Hand einen USB-Stick. "Die Auswertung ihrer Anrufe der letzten Woche", erklärte er. "Sie hat mehrfach bei Donners Büro angerufen, angeblich wegen Terminabsprachen." Behrens nickte grimmig. Lena Vogt hatte ihre Rolle als hilfsbereite Zeugin perfektioniert – zu perfekt, um echt zu sein. Jetzt galt es, ihr eine Falle zu stellen, ohne dass sie es bemerkte. "Krause, veranlassen Sie eine diskrete Überwachung. Ich will wissen, wohin sie geht, mit wem sie spricht, was sie isst. Und vor allem – wann sie plant, bei Donner zuzuschlagen."

Der Durchbruch durch Korrosion und Code

Der Geruch von Kaffee und Meerwasser hing im Konferenzraum des Polizeipräsidiums, als die Beweismittel auf dem Tisch ausgebreitet wurden. Hauptkommissarin Behrens betrachtete den einzelnen Kabelbinder, der in einer Plastiktüte lag – unscheinbar, aber entscheidend. "Die Forensik hat einen Volltreffer gelandet," erklärte sie und schob den Laborausdruck über den Tisch. "Diese spezifische Korrosion tritt nur bei einer Produktionscharge auf, die 2018 ausgeliefert wurde. Ein Herstellungsfehler in der Legierung." Larsen nickte und tippte auf seinem Tablet. "Und jetzt kommt's: Klees Baufirma hat genau diese Charge im Lager. Wir haben die Bestandslisten durchforstet."

Die digitale Präsentation an der Wand zeigte nun die Zugangsstatistik des Firmenlagers. "Lena Vogts Schlüsselkarte wurde in der Woche vor Voß' Tod viermal nach 22 Uhr verwendet. Offiziell hatte sie da längst Feierabend." Behrens deutete auf die rot markierten Zeitstempel. "Und das ist noch nicht alles. Die IT-Forensik hat die gefälschten Erpresser-Mails analysiert. Jeder Drucker und Scanner hinterlässt ein einzigartiges Profil – und das Gerät in Klees Vorzimmer, das Lena täglich benutzt, hat diese Dokumente verarbeitet. Hundertprozentige Übereinstimmung."

Krause kam mit einem frischen Ausdruck herein, das Gesicht gerötet vom Wind, der vom Hafen herüberwehte. "Die technische Indizienkette ist geschlossen," sagte er und legte den letzten Beweis auf den Tisch. "Ihr Alibi für die Mordnacht ist geplatzt. Die Überwachungskamera an der Tankstelle zeigt sie nicht um 23:15 Uhr, wie sie behauptet hat, sondern erst um 0:47 Uhr – genug Zeit, um Voß zu töten und die Spuren zu verwischen." Behrens nickte grimmig. "Haftbefehl beantragen. Wir holen sie heute noch rein."

21

TOWN HALL

Ein vierter Advent in Schutzhaft

Der Schneesturm peitschte gegen die Fensterscheiben des Safehouses, während Ralf Donner missmutig durch die schmale Küche tigerte. Drei bewaffnete SEK-Beamte in schusssicheren Westen hielten Wache, einer davon mit einem Sturmgewehr im Anschlag. "Wie lange soll dieser Zirkus noch dauern?", knurrte Donner und blickte auf die Lichter der Adventskerzen, die jemand auf den Tisch gestellt hatte. "Vierter Advent im Gefängnis, das habe ich mir anders vorgestellt." Der Einsatzleiter, ein stämmiger Mann mit Bürstenhaarschnitt, zuckte die Schultern. "Solange es sein muss, Herr Donner. Die Lage ist ernst."

In der Polizeizentrale starrte Hauptkommissarin Behrens auf den Grundrissplan des Rathauses, der vor ihr ausgebreitet lag. Die roten Markierungen zeigten mögliche Fluchtwege und Schwachstellen in der Sicherheitsarchitektur. "Der fingierte Bombenalarm war eine gute Idee", murmelte Larsen anerkennend und reichte ihr einen Pappbecher mit dampfendem Kaffee. "Die Presse hat die Geschichte geschluckt. Jetzt müssen wir nur noch warten, bis unsere Täterin anbeißt." Behrens nickte. "Wenn sie glaubt, dass Donner evakuiert wurde und verletzlich ist, wird sie zuschlagen. Dann haben wir sie."

Währenddessen schaltete Donner im Safehouse den kleinen Fernseher ein. Die Regionalnachrichten berichteten ausführlich über den Bombenalarm im Rathaus und die Evakuierung "gefährdeter Personen". Er musste unwillkürlich grinsen. Behrens' Plan war clever – ihn aus der Schusslinie zu nehmen und gleichzeitig einen Köder auszulegen. "Glauben Sie wirklich, dass sie darauf reinfällt?", fragte er den SEK-Mann, der neben ihm Platz genommen hatte. "Wenn nicht", antwortete dieser und überprüfte den Sitz seiner Dienstwaffe, "dann haben Sie zumindest einen ruhigen vierten Advent." Donner schnaubte. Ruhe war das Letzte, was er in diesem Moment verspürte.

22

Die letzte Ankündigung im Rampenlicht

Der Umschlag lag wie ein Fremdkörper auf dem Schreibtisch des Ostsee-Anzeigers. Keine Briefmarke, kein Absender – nur die Adresse der Redaktion in einer akkuraten, fast kalligraphischen Handschrift. Hauptkommissarin Behrens öffnete ihn mit behandschuhten Fingern, während Larsen über ihre Schulter spähte. Die Botschaft war kurz: „Das letzte Urteil wird öffentlich vollstreckt. Heiligabend. Auf dem Weihnachtsmarkt." Am unteren Rand prangte wieder dieser kleine Stempel der Weihnachtsmarktbühne – ein Miniatur-Abbild der hölzernen Konstruktion, die seit Wochen den Marktplatz dominierte.

„Sie will einen Showdown", murmelte Behrens und drehte den Brief gegen das Licht. „Dort, wo alles begann." Larsen nickte grimmig und zog einen Plastikbeutel aus seiner Jackentasche. Darin steckte ein laminierter Backstage-Pass mit dem Logo des städtischen Kulturamts. „Den haben wir in ihrer Wohnung gefunden. Sie hat ihren Zugang zur Bühne nie abgegeben, obwohl ihre ehrenamtliche Tätigkeit schon vor Monaten endete." Er legte den Pass neben den Brief. „Perfekte Tarnung. Als Kulturamtsmitarbeiterin konnte sie kommen und gehen, wie sie wollte. Niemand würde eine freundliche Helferin verdächtigen."

Behrens starrte auf die beiden Beweisstücke. Die Verbindung war so offensichtlich, dass es wehtat. „Sie plant etwas Großes für Heiligabend. Eine öffentliche Hinrichtung, mitten im Weihnachtstrubel." Sie griff zum Telefon. „Wir brauchen Verstärkung. Zivilbeamte, die sich unter die Marktbesucher mischen. Scharfschützen auf den umliegenden Dächern. Und vor allem: Wir müssen herausfinden, wen sie als letztes Opfer auserkoren hat." Larsen blickte auf den Backstage-Pass. „Vielleicht ist es gar keine Person", sagte er leise. „Vielleicht ist es die Wahrheit selbst, die sie auf dieser Bühne hinrichten will."

23

Der Plan hinter dem Plan

Der Besprechungsraum im Polizeipräsidium war überheizt. Hauptkommissarin Behrens wischte sich Schweißperlen von der Stirn, während sie den versammelten Beamten ihren Plan erläuterte. "Wir haben es mit einer Täterin zu tun, die jeden unserer Schritte vorherzusehen scheint. Also drehen wir den Spieß um." Sie tippte auf den Laptop, und auf der Leinwand erschien ein Einsatzplan für den Weihnachtsmarkt. "Dies ist unser offizieller Plan zum Schutz von Bürgermeister Donner am Heiligabend. Mit einer absichtlichen Schwachstelle hier" - sie deutete auf den Bereich hinter der großen Weihnachtspyramide - "die nur jemand erkennen kann, der genau weiß, wonach er sucht."

Larsen runzelte die Stirn. "Und dieser Plan wird...?" - "Über einen scheinbar sicheren Kanal durchsickern", vollendete Behrens seinen Satz. "Einen Kanal, den nur Lena Vogt nutzt. Wir haben ihre Kommunikationswege identifiziert." Sie nickte dem Techniker zu, der neben der Tür wartete. "Währenddessen wird der Weihnachtsmarkt von Zivilbeamten gesichert. Das SEK positioniert Scharfschützen auf den umliegenden Dächern. Die Hauptbühne und die Weihnachtspyramide werden mit Sensoren ausgestattet." Der Techniker trat vor und hielt ein unscheinbares Gerät hoch. "Wir installieren Signalstörer, die jede Fernzündung blockieren."

Behrens griff in ihre Tasche und legte einen kleinen, unscheinbaren Schlüssel auf den Tisch. Er glänzte matt im Neonlicht des Besprechungsraums. "Dieser Schlüssel wurde in Vogts Kellerabteil gefunden. Er passt zu einem der Versorgungsschächte unter der Hauptbühne." Sie ließ ihren Blick über die angespannten Gesichter ihrer Kollegen wandern. "Wir wissen jetzt, wo sie zuschlagen will. Und diesmal sind wir vorbereitet. Wir lassen sie glauben, dass sie uns überlistet hat - während wir in Wahrheit jeden ihrer Schritte kennen." Sie klappte die Fallakte zu. "Heiligabend wird sie in die Falle tappen, die sie eigentlich für uns aufgestellt hat."

Stille Nacht, tödliche Nacht

Der Marktplatz lag still und verlassen im Schein der Straßenlaternen. Die große Weihnachtspyramide drehte sich lautlos, ihre Figuren warfen lange Schatten über das Pflaster. Lena Vogt stand regungslos neben einer der Buden, die Kapuze tief ins Gesicht gezogen. In ihrer Hand hielt sie ein Smartphone, dessen Bildschirm das einzige Licht in ihrem Versteck war. Die Nachricht von dem geklonten Handy war perfekt formuliert gewesen – ein anonymer Hilferuf, der Donner keine Wahl ließ. Sie steckte das Gerät weg und umfasste stattdessen die kleine Fernbedienung in ihrer Manteltasche. Der rote Knopf fühlte sich kalt an unter ihren Fingerspitzen.

Als Ralf Donner zwischen den Buden hervortrat, wirkte er gehetzt. Er sah sich suchend um, den Kragen hochgeschlagen gegen die Kälte. "Hallo? Sind Sie da?", rief er leise. Lena trat aus dem Schatten. "Sie kommt nicht", sagte sie ruhig. Donners Augen weiteten sich, als er sie erkannte. "Lena? Was soll das?" Seine Hand wanderte zur Innentasche seines Mantels. "Nicht bewegen", sagte sie und zog die Fernbedienung hervor. "Ein Knopfdruck genügt." Donner erstarrte. "Warum?" Seine Stimme klang brüchig. Lena öffnete den Mund, um endlich die Wahrheit auszusprechen, die sie so lange in sich getragen hatte – doch eine andere Stimme kam ihr zuvor.

"Jonas", sagte Behrens leise und trat aus dem Dunkel neben der Pyramide. Lenas Hand mit der Fernbedienung zitterte plötzlich. Die Hauptkommissarin kam langsam näher, keine Waffe in der Hand, nur eine dünne Mappe. "Wir wissen alles, Lena: das digitale Profil des Scanners in deinem Büro, der Bühnenstempel auf den Briefen, die verräterische Korrosion an den Kabelbindern, deine Schlüsselkarte für die Lagerhalle und nicht zuletzt der 24-Stunden-Rhythmus der Schweigegelder, den du bei deinen Morden exakt kopiert hast." Als Behrens den Namen ihres Verlobten wiederholte, brach etwas in Lena zusammen. Die Fernbedienung – nichts als eine leere Hülle mit einem roten Knopf – fiel klappernd zu Boden. "In der Fischerhütte am Strand", flüsterte sie. "Und unter den Dielen in Jonas' altem Zimmer." Aus den Lautsprechern des Marktes erklang leise "Stille Nacht", während Behrens ihr sanft die Handschellen anlegte.

Impressum

Für Fragen und Anregungen: FlipFlopVerlag@gmail.com

Oliver Kuhn
Habsburgerstrasse 8
80801 München

Printed in the EU

ISBN 978-3-6953-0194-2